LETTRE
A MONSIEUR***
Sur l'Iliade de M. de la Motte.

A PARIS,
Chez LAURENT SENEUZE,
Quay des Augustins, à l'Ecu
de Bretagne.

MDCCXIV.
Avec Approbation & Privilege du Roy.

LETTRE

A MONSIEUR ***

Sur l'Iliade de Monsieur de la Motte.

VOUS exigez de moy, Monsieur, un compte exact des divers jugemens que les Gens de Lettres ont portez de la nouvelle Iliade ; je vais tâcher de vous satisfaire : Mais pourquoi me faites-vous mystere du jugement que vous en portez vous même ? N'osez-vous hazarder vôtre suffrage sur la foy de vos propres lumieres ? Que je plains les Auteurs ! & quel peril ne court pas aujourd'hui le meilleur Livre ? Je connois bien des gens qui allient comme vous, Monsieur, à un goût sûr, une raison libre de tout esprit desparti : Qui ne sent que de tels Lecteurs devroient seuls faire autorité dans la Litterature ? Il y en a peu neanmoins qui ayent le courage de lutter contre la multitude : ils attendent à juger d'un Ouvrage que le Public ait prononcé, ils recueillent les voix, & se rangent du parti dominant ; Tel dans son Cabinet a jugé un Livre excellent, qui venant à apprendre que ce Livre est meprisé par des Hommes celebres, se soumet servilement à leur autorité, sans se défier du fol esprit departi, & de certaine émulation jalouse ; qui de tout temps ont fait commettre tant d'injustices aux plus grands Critiques : Il a honte d'avoir pensé autrement que ces Personnages qu'il revere, il rougit à la vûe du Livre qui l'a seduit, il se dissimule autant qu'il le peut, pour se soulager, l'impression qu'il luy a faite, il le relit déterminé à le trouver mauvais, il est en garde contre le plaisir humiliant que luy a fait la premiere lecture; les mêmes choses repassent sous ses yeux avec les couleurs qu'il leur a destinées, tout l'ennuye, tout le revolte dans ce même Livre dont la veille il faisoit ses delices.

Je n'ay pas de peine à deviner comment vous aurez été affecté de l'Iliade de Monsieur de la Motte, & de sa Dissertation Critique sur le Poëme Original; le goût que je vous connois, m'est garant que vous les aurez lûs avec grand plaisir: Mais quand vous sçaurez combien de Sçavans se réunissent contre l'un & l'autre Ouvrage, vous éprouverez peutêtre en vous la révolution que je viens de décrire. Non, Monsieur, non, ne soyez pas infidele à vos lumieres, osez penser par vous même, & ne prenez point l'ordre de ces stupides Erudits qui ont prêté serment de fidelité à Homere, de ces gens sans talens & sans goût, qui ne sçavent pas suivre le progrés des Arts & des Talens dans la succession des siecles; de ces Scoliastes fanatiques qui entrent dans une espece d'extase à la lecture de l'Iliade Originale, où l'Art naissant n'a pû donner qu'un essai informe, & qui n'apperçoivent pas dans les travaux de nôtre âge le merveilleux accroissement de ce même Art.

Vous voyez dans ce Prelude que cette espece de Sçavans a pris parti contre Monsieur de la Motte, cela fait un grand peuple, *le Createur en a beni l'engeance :* Mais que fait ici le nombre? Monsieur de la Motte a bonne cause, & tous les talens qu'il faut pour la sauver d'insulte: Il est d'ailleurs de vrais Sçavans inaccessibles à la prevention, chez qui les Ouvrages anciens & les Ouvrages modernes sont en égale consideration, qui reconnoissent les beautez & les défauts des uns & des autres avec une égale equité; J'en sçay chez qui la passion ne s'empare jamais des droits du goût & de la raison : Voilà les seuls Oracles que doit consulter un Auteur : Ils ont prononcé en faveur de la nouvelle Iliade : Elle vaincra la jalouse rage des Confederez, & passera à la posterité comme un Ouvrage digne tout à la fois & de son Auteur, & de nôtre siecle.

Laissons crier les Adorateurs d'Homere, ils feront moins de mal que de bruit; il est bien juste aprés tout que M. de la Motte pardonne quelques excés à de pieux Fanatiques qu'il s'avise de venir troubler dans leur culte.

Je connois la plûpart de ces Partisans outrez d'Homere, ce sont de bonnes gens qui nez sans genie,

& se sentans incapables de créer en aucun genre, se sont retranchez dans la plus profonde étude de la Langue Grecque ; ils ont devoré avec fatigue les Ouvrages d'Homere, ils ont vû ce Poëte celebré d'âge en âge par des Auteurs illustres jusqu'à nos jours : A la vûë de tant d'hommages prodiguez à Homere avec continuité durant trois mille ans, ils ont été saisis d'un saint respect pour ce grand Homme, ils luy ont voué une espece de culte, ils lisent tous les jours son divin Poëme, ils le lisent avec delices, parcequ'ils le lisent avec une foy vive : Ils sont dans un ravissement confus, ils sont enchantez, non des beautez distinctes qu'ils decouvrent en effet dans leur divin texte, mais des hautes merveilles que leur foy leur dit y être cachées.

Nous avons vû le vieil Aristote honoré d'un pareil culte : durant plus de deux mille ans il a tenu le ſceptre philoſophique : ſes ſophiſmes les plus obſcurs étoient autant d'Oracles, à l'autorité deſquels la raiſon des Philoſophes cedoit ſans murmure. Un Peripateticien s'imaginoit avoir la clef des myſteres les plus ſecrets de la nature, il répondoit à toutes queſtions avec une complaiſance ſuperbe, parcequ'il répondoit comme ſon infaillible Maiſtre : Les honneurs rendus au divin Ariſtote durant une ſi longue ſuite de ſiecles, ne luy permettoient pas de ſoupçonner qu'il fût échappé quelque choſe aux lumieres de ce grand Homme : Lorſqu'on demandoit à un Peripateticien les cauſes phyſiques de la vertu de l'Aiman, ou de l'effet pretendu ſympatique de la poudre de Vitriol, il répondoit avec le bon Ariſtote : Il y a dans l'Aiman & dans le Vitriol calciné certaine qualité occulte qui produit les effets qui vous ſurprennent.

Ce ſeroit traiter Ariſtote d'imbecile, que de pretendre qu'il eût donné cette réponſe, pour toute autre choſe que pour l'aveu formel de ſon ignorance ſur la difficulté propoſée ; car avoir recours à une qualité occulte, c'eſt indiquer une cauſe quelconque qu'on ne connoît point, dont on n'a pas d'idée. Je croy donc devoir faire honneur à Ariſtote de ſon humble réponſe : Mais comment ſauver du mépris ces zelez Sectateurs, qui penſoient que leur Maiſtre donnoit à la difficulté une veritable ſolution ? Ils s'imaginoient donc voir clairement la cauſe de l'effet en queſtion ; ils croyoient meſme la faire ſentir aux autres, en leur diſant formellement avec Ariſtote ; La cauſe de cet effet eſt une qualité occulte : ou ce qui revient au même, La cauſe de cet effet ne nous eſt pas connue. Lorſqu'un Diſciple oſoit demander à ſon Maiſtre ce qu'il entendoit par qualitez occultes, ce Maistre insultoit à son peu de sagacité, luy rendoit en nouveaux termes l'équivalent du mystere, & forçoit l'amour propre du Disciple à croire qu'il avoit enfin saisi le mot de l'Enigme.

C'est ainsi que tous nos Physiciens abusez par l'ancienne reputation d'Aristote, bornoient leur ambition à l'étude de ses Ouvrages, & croyoient rendre bon compte des operations de la nature, en alleguant les sombres subtilitez de leur Maistre.

Il y a eu de tout temps des esprits indociles à l'erreur la plus accreditée : Combien de gens ont senti dans tous les temps que la Physique d'Aristote n'étoit qu'un amas confus de mots destituez de sens : mais comment oser hazarder une pareille verité ? N'étoit-il pas plus sage qu'ils recueillissent eux mêmes les honneurs injustes que l'humaitre imbecillité déferoit à cette fauſ-ſe érudition, que de s'attirer par leur indiſcret aveu les outrages d'un grand peuple, que l'intereſt & l'aveugle prevention rendoient inconvertibles ? D'ailleurs, pour oſer reprocher à l'Univers ſon orgueilleuſe ignorance, il falloit pouvoir mettre les hommes ſur les traces de la verité, & payer l'injure par un bienfait équivalent. Pour un projet auſſi grand, il ne falloit pas un homme moins grand que Deſcartes ; ce merveilleux genie ayant jetté les yeux ſur les Ouvrages d'Ariſtote, il en ſentit toute l'indigence. En vain le prejugé luy montroit dans un vaſte éloignement le Prince des Philoſophes recevant ſucceſſivement les hommages de tous les ſiecles ; le Cenſeur incorruptible détournoit ſes yeux de ce vain faſte, & jugeoit l'Oracle univerſel du genre humain, non ſur les témoignages de ſes credules Adorateurs, mais sur ses Ouvrages mêmes. Il sentit combien ce Philosophe étoit éloigné de la verité. Il n'en demeura pas là, il la chercha luy même avec la genereuse confiance que luy donnoit son genie immense. Il la trouva enfin ; un nouveau systême de Philosophie se montre, un nouvel art, ou plutôt le seul art de raisonner s'introduit peu à peu dans les Ecoles ; Les Sectateurs obstinez de l'erreur se liguent en vain pour combattre l'évidence ; on persecute celui qui a osé éclairer son siecle ; le mal est sans remede, les criminels Ouvrages que l'on condamne feront les delices des races futures, c'est par ces Ouvrages mêmes que les hommes seront dorénavant formez : Encore quelque temps, & tous les suffrages se réunissent en faveur du Philosophe moderne.

Ce temps est venu, Monsieur, la secte opiniâtre d'Aristote est enfin éteinte; il eſt peutêtre encore au fond des Colleges quelques vieux Peripateticiens qui mourront impenitens, laiſſons-les mourir en paix.

Ne voyez-vous pas, Monſieur, dans l'hiſtoire du long regne d'Ariſtote, l'image de celui d'Homere? La chûte de celui-là ne vous fait-elle pas preſſentir la chûte prochaine de celui-ci? La cauſe de Monſieur de la Motte n'eſt aſſurément pas moins victorieuſe que celle de Deſcartes: le prejugé ne parle pas plus haut en faveur de l'un, qu'il ne parla autrefois en faveur de l'autre; M. de la Motte en ſera quitte aprés tout pour quelques bons mots pedanteſques qu'il luy faudra eſſuyer de la part de nos Scoliaſtes: c'eſt avec ces armes victorieuſes qu'ils ont coutume de combattre les Rivaux d'Homere, de Theocrite, & de Pindare: Tout Moderne qui a l'inſolente temerité d'entrer en lice avec ces vieux Athletes, est digne, selon ces Messieurs, d'un souverain mépris : Les premiers hommes du siecle sont ceux qui sçavent le Grec : Tel se croit un Homere, parcequ'il entend Homere dans la langue originale, le divin Poëte impenetrable aux autres hommes revit en luy, il est juste qu'on le respecte en luy : Voilà donc deux hommes transformez en un seul ; si vous dites du mal d'Homere, vous contristez son Synonime ; vous le caressez au contraire si vous celebrez le divin Poëme.

Voilà la folle illusion qui allume le zele des Homeristes ; mais le plaisant est que le Public ait si longtemps servi cette même illusion. On étoit penetré de respect à la vûe d'un Pedant, dont tout le merite étoit de connoistre, aimer, & servir le bon Homere ; on rendoit à l'idolâtre les hommages acquis à l'Idole ; on ne jugeoit alors du merite d'Homere que sur la foy des acclamations pieuses de ses Adorateurs. Combien peu de gens sçavent la Langue Grecque ? La divine Iliade n'étoit entendue que des Erudits, on leur envioit avec respect ce dépôt sacré ; ils insultoient impunément à nos meilleurs Ecrivains, l'injustice leur tournoit même à honneur, parcequ'on se persuadoit que les beautez modernes comparées par eux aux merveilles antiques, leur devoient faire une impression moins vive.

Nôtre erreur dureroit encore, ils seroient encore les objects de nôtre respectueuse jalousie, si Madame Dacier ne nous eût dessillé les yeux, en nous donnant une Traduction fidelle du mysterieux Poëme.

Chacun cherche dans l'élegante Traduction le genie élevé d'Homere, son choix riche, son

goût

goût infaillible; on s'attend à ressentir, à quelque chose prés, ce ravissement délicieux que le Texte cause : mais je ne sçay par quelle fatalité le Lecteur tombe dans un ennui mortel. On trouve à la verité de temps à autre des traits vifs, des images heureuses, des recits ornez; mais une si petite mesure de beau ne paye pas, à beaucoup prés, le Lecteur de tant d'absurditez pueriles, de tant de bassesses, de tant de froideurs qui font un contraste dominant dans ce tout monstrueux.

Nous osons donc à present juger de l'Iliade; cette merveille tant vantée est tout au plus un beau monstre, né, pour ainsi dire, du seul instinct d'un homme superieur; je dis d'un homme superieur, car si l'on fait attention au siecle grossier dans lequel nâquit Homere, si l'on a égard aux mœurs rustiques qui regnoient alors, si l'on ne perd pas de vûë l'impossibilité morale d'atteindre la perfection dans un essai hazardé sans le secours des regles & des exemples, on jugera Homere un grand genie, & le premier homme de son siecle rustique, en même temps qu'on jugera son Poëme tres defectueux pour un siecle aussi éclairé que le nôtre.

C'est ainsi que M. de la Motte dans sa Dissertation critique distingue l'Auteur & l'Ouvrage. Homere auroit peutêtre atteint la perfection, s'il fût né dans le siecle d'Auguste ou dans le nôtre ; mais né dans des temps où l'Art ne s'étoit point encore montré, n'étant guidé par aucunes regles, éclairé par aucuns exemples, on luy doit tenir grand compte de son Poëme, tout monstrueux qu'il est.

L'hommage personnel rendu à Homere ne satisfait pas ses Adorateurs, il y va de tout pour eux de sauver du mepris l'Ouvrage même;

ils l'ont unanimement vanté comme une merveille audessus de tout effort humain. S'ils passent condamnation sur les absurditez impertinentes que reprend Monsieur de la Motte, les voilà livrez à tout le mepris dont ils sont dignes: Comment d'un autre côté se resoudre à oser défendre tant de miseres que décele leur Traduction? Dans cette étrange perplexité, ils se sont avisez d'un expedient ingenieux, à la faveur duquel ils comptent esquiver; suivons-les.

Il est vray, disent-ils, que si l'on juge d'Homere par la Traduction de Madame Dacier, quoique la plus élegante & la plus fidelle qui ait paru, on sera à peu prés d'accord avec M. de la Motte; mais il faut bien se garder de juger du Texte original par la Traduction Françoise: nôtre Langue est impuissante par elle-même à rendre la force, l'énergie, la noble harmonie des termes Grecs, elle manque de ces tours heureux, de ces expressions énergiques qui nous charment dans le Grec ; nous sentons la force de ces expressions & la noblesse de ces tours ; mais nôtre Langue indigente nous refusant de justes équivalens, nous baissons le ton pour nous exprimer en François.

Je veux bien passer pour un moment à ces Messieurs leur fausse supposition, que pourroient-ils en conclure ? Cela prouveroit tout au plus que la Traduction jetteroit quelquefois du froid dans les recits, qu'elle ôteroit de la chaleur aux sentimens, de la vivacité aux pensées, qu'elle ne rendroit pas l'équivalent de la pretenduë harmonie de l'Original : mais M. de la Motte ne juge point de l'Iliade à ces égards ; il veut bien supposer les expressions Grecques d'une force & d'une élegance infiniment superieures à la Traduction. De quoy juge-t-il precisément ? de l'Historique du Poëme ; j'appelle l'Historique dans un Poëme, les faits, les évenemens exprimez en recit, ou mis en action. M. de la Motte examine donc la fable generale du Poëme, l'action principale, l'ordonnance de l'Ouvrage, les épizodes ; il examine les mœurs, les caracteres de ses Heros, dont il juge par leurs paroles & par leurs actions.

Voilà, Monsieur, les seules choses dont Monsieur de la Motte a osé juger sur la foy de la Traduction ; celle de Madame Dacier avouée par tous les Sçavans Grecs, n'a pû le tromper sur l'Historique, elle rend sûrement Homere, elle le suit dans sa course, elle bronche avec luy, se releve avec luy : enfin Madame Dacier n'a rien imaginé d'elle-même dans son Ouvrage ; elle a compté rendre precisément son Original ; si elle a prêté quelque charité à Homere, les Grecs n'ont qu'à la déceler, en ce cas, la Critique de Monsieur de la Motte tombera sur Madame Dacier; mais je serois bien garand pour elle qu'aucun de nos Grecs ne sera assez hardi pour oser démentir par écrit sa Traduction, aucun d'eux ne luy dispute l'honneur de posseder avec superiorité les finesses de la Langue Grecque; elle a entendu Homere autant qu'on le peut entendre aujourd'hui, elle sçait beaucoup mieux encore la Langue Françoise; elle a rendu le plus élegamment qu'elle a pû dans nôtre Langue, ce qu'elle a vû, pensé & senti en lisant le Grec; cela me suffit, j'ay l'Iliade en substance, ainsi c'est sur Homere même, & non sur la seule Traduction, que portent les Remarques Critiques de Monsieur de la Motte, qui n'appuyent que sur des choses étrangeres à cette élegance pretendue des termes originaux, & à certaine harmonie attribuée au son de ces termes.

Mais revenons à la supposition de nos Adversaires. Est-il bien vray que nôtre Langue soit inferieure à la Langue Grecque ? Est-il bien vray que la Langue Françoise ne suffise pas à rendre parfaitement les grandes idées, les hauts sentimens, les passions heroïques, les vivacitez galantes, les saillies satyriques, les naïvetez fines ? A-t-elle mal servi à ces differens égards, Corneille, Racine, Moliere, Despreaux, la Fontaine ? Cette Langue n'a t-elle pas aussi son harmonie comme la Grecque ? Quand nous lisons nos bons Ouvrages, soit de Prose, soit de Poësie, n'éprouvons-nous pas un sentiment confus de plaisir, que nous attribuons au son pretendu harmonieux des expressions ?

Il peut bien arriver quelquefois que telle expression Grecque qui renferme un grand sens, ne pourra être rendue en François que par plusieurs expressions réunies; mais il arrivera quelquefois aussi qu'une pensée exprimée par plusieurs termes Grecs, pourra être renfermée en François dans des limites plus étroites, en sorte qu'il y aura compensation juste.

Mais quand il feroit vray que la Langue Grecque seroit par elle-même moins diffuse que la Françoise, en pourroit-on conclure que la Langue Françoise ne pourroit produire en nous le sentiment qui naît de la précision ? Nous accordons à un Ouvrage François le merite de la précision, lorsque nous ne sentons pas la possibilité de renfermer en moins de paroles le sens de cet Ouvrage, nous ne comptons pas les syllabes, ce calcul nous importe peu. Je vais tâcher de me faire entendre.

Je suppose l'Iliade écrite avec l'élegance & la précision tant vantées,

tées, je suppose ensuite qu'on vînt à demander à Homere en quoy consiste l'un & l'autre merite de son Ouvrage, il diroit, pour donner l'idée de l'élegance, qu'il a employé dans sa Langue les tours & les expressions les plus propres à representer ses idées, & à peindre ses sentimens; & sur la précision, il diroit qu'il n'a pas été possible de rendre en moins de paroles le sens de son Ouvrage.

Si Homere avec son même genie & son goût, étoit né de nos jours, & qu'ayant conçû son Iliade, il nous l'écrivît en François, qu'il possedât nôtre Langue comme il possedoit autrefois la sienne, sans doute il employeroit les expressions Françoises les plus propres à rendre son sens, & il s'exprimeroit avec le moins de diffusion qu'il luy seroit possible: Ne sentez-vous pas qu'alors il seroit autant frappé de l'élegance & de la précision qu'il auroit atteint dans nôtre Idiome, qu'il le fut autrefois de l'un & l'autre merite qu'il atteignit dans le sien?

Si Racine avec son genie & ses lumieres acquises, fût né dans le siecle d'Homere, & qu'il eût écrit en Grec les Tragedies que nous avons de luy dans nôtre Langue, il auroit fait dans cette Langue le choix heureux qu'il a fait dans la nôtre, & son style Grec auroit fait precisément en Grece la même fortune que son style François a fait chez nous.

On ne sçauroit dire qu'une Langue soit moins propre qu'une autre à la vraye peinture des pensées & des sentimens; les mots ne signifient rien par eux mêmes, c'est le caprice arbitraire des Nations, qui des sons articulez a fait des signes fixes, au moyen desquels les hommes se pûssent communiquer reciproquement leurs pensées; chaque Nation a ses signes fixes pour representer tous les objets que son intelligence embrasse. Qu'on ne dise donc plus que les beautez qu'on a senties en lisant Homere, ne peuvent être parfaitement rendues en François. Ce qu'on a senti ou pensé, on peut l'exprimer avec une élegance égale dans toutes les Langues; & chaque Langue vous fournira les expressions uniques pour caracteriser quelque pensée, quelque sentiment que ce soit, & pour en fixer le degré de vivacité ou de noblesse. De là je conclus que si Madame Dacier a senti dans l'Iliade autant de merveilles qu'elle le publie, elle nous a dû rendre toutes ces merveilles en François avec une élegance équivalente à celle du Texte.

Il m'est tombé depuis peu dans les mains une Traduction en prose de la Tragedie Angloise, intitulée Caton. Cette Traduction, quoiqu'inélegante, m'a donné une tres haute idée de l'Original. Je voy dans le Poëte Anglois la grande partie qui caracterise nôtre Corneille. Je n'ay rien vû de plus grand au Theâtre que le caractere de Caton; il est vray que l'Auteur ne conduit pas son action avec finesse, il l'interromt même par des Amours Epizodiques d'assez mauvais goût; mais à travers ces défauts, je voy le grand Poëte, je voy un Homme illustre, digne d'être envié à sa Nation.

D'où vient qu'en lisant l'élegante Traduction de l'Iliade par Madame Dacier, j'ay une si petite idée de l'Original? J'en sçay la raison; c'est que le Poëme Original porte un fond si bizarre, si confus, si absurde, que la decoration du style le plus riche dans une Traduction fidelle, ne peut défendre le Lecteur du froid mortel, de l'insupportable ennui que ce miserable fond traîne à sa suite.

Il n'y avoit qu'un moyen de faire goûter l'Iliade en François, c'étoit de composer un Poëme Original, pour ainsi dire, qui eût pour sujet la fameuse Guerre de Troye; d'ôter à l'Histoire monstrueuse d'Homere tant de traits qui blessent nos mœurs, qui revoltent nôtre credulité; de déguiser en grand le bas merveilleux qui anime l'Iliade, d'en corriger les Epizodes quelquefois ingenieux, mais toujours défigurez; de porter à un haut point d'élevation les caracteres bizarres des Heros Grecs & Troyens: en un mot, il ne falloit rien moins que le grand genie, la sage hardiesse, & les riches ressources de Monsieur de la Motte, pour nous travestir le Monstre Grec, de maniere que loin de nous déplaire, il charmât nos regards.

Vous voyez, Monsieur, que je pense hautement de Monsieur de la Motte; mais je croy qu'il est du devoir d'un honnête homme de dire toujours à ses perils, tout ce qu'il pense à l'avantage d'autrui. Je parle toujours des bons Auteurs vivans, comme je me persuade que la posterité desinteressée en parlera. Il n'y a pas moins de bassesse que d'injustice à dissimuler l'estime qu'on n'a pû refuser à un Homme superieur. Adieu, Monsieur, je croy avoir satisfait à ce que vous exigez de moy. S'il paroist quelque nouveauté dans la suite, j'aurai soin de vous en faire part.

Je suis, Monsieur.

APPROBATION.

J'AY lû par l'ordre de Monseigneur le Chancelier, cette *Lettre à Monsieur* *** *sur l'Iliade de M. de la Motte*. Elle m'a paru un peu vive, mais tres sensée. A Paris le 22 Fevrier 1714.

SAURIN.

PRIVILEGE DU ROY.

LOUIS, par la grace de Dieu, Roy de France & de Navarre: A nos amez & feaux Conseillers les Gens tenans nos Cours de Parlement, Maistres des Requestes ordinaires de nostre Hostel, Grand Conseil, Prevost de Paris, Baillifs, Senechaux, leurs Lieutenans Civils, & autres nos Justiciers qu'il appartiendra, Salut. Nostre amé le

Sieur *** Nous a fait supplier de luy accorder nos Lettres de Permission pour l'impression d'un Ouvrage intitulé, *Lettres à Monsieur *** sur l'Iliade de M. de la Motte.* Nous luy avons permis & permettons par ces Presentes de faire imprimer ledit Livre en telle forme, marge, caractere, & autant de fois que bon luy semblera, & de le vendre, faire vendre & debiter par tout nostre Royaume, pendant le temps de trois années consecutives, à compter du jour de la date desdites Presentes : Faisons défenses à tous Imprimeurs, Libraires, & autres personnes, de quelque qualité & condition qu'elles soient, d'en introduire d'impression étrangere dans aucun lieu de nostre Obéissance ; à la charge que ces Presentes seront enregistrées tout au long sur le Registre de la Communauté des Imprimeurs & Libraires de Paris, & ce dans trois mois de la

date

date d'icelles; que l'impression dudit Livre sera faite dans nostre Royaume, & non ailleurs, en bon papier & en beaux caracteres, conformément aux Reglemens de la Librairie: Et qu'avant que de l'exposer en vente, il en sera mis deux Exemplaires dans nostre Bibliotheque publique, un dans celle de nôtre Chasteau du Louvre, & un dans celle de nostre tres cher & feal Chevalier Chancelier de France le Sieur Phelypeaux, Comte de Pontchartrain, Commandeur de nos Ordres, le tout à peine de nullité des Presentes; du contenu desquelles vous mandons & enjoignons de faire jouir l'Exposant ou ses ayans cause pleinement & paisiblement, sans souffrir qu'il leur soit fait aucun trouble ou empeschement. Voulons qu'à la copie desdites Presentes, qui sera imprimée au commencement ou à la fin dudit Livre foy soit ajoûtée comme à l'original.

Commandons au premier nostre Huissier ou Sergent de faire pour l'execution d'icelles tous actes requis & necessaires, sans demander autre permission, & nonobstant clameur de Haro, Chartre Normande, & Lettres à ce contraires : Car tel est nostre plaisir. DONNÉ à Versailles le vingt-quatriéme jour du mois de Fevrier, l'an de Grace mil sept cens quatorze, & de nôtre Regne le soixante-onziéme. Par le Roy en son Conseil, FOUQUET.

Registré sur le Livre, No 3. de la Communauté des Libraires-Imprimeurs de Paris, page 743. numero 826. conformément aux Reglemens, & notamment à l'Arrest du 13 Aoust 1703. A Paris ce 28. Fevrier 1714.

Signé, *ROBUSTEL*, Syndic.

A Paris, de l'Imprimerie de Charles Huguier, 1714.

www.ingramcontent.com/pod-product-compliance
Ingram Content Group UK Ltd.
Pitfield, Milton Keynes, MK11 3LW, UK
UKHW020405250726
13967UKWH00006B/2481